Conversa de passarinhos

Alice Ruiz S
Maria Valéria Rezende

CONVERSA DE PASSARINHOS
Haikais

Ilustrações
Fê

ILUMINURAS

livros da ilha
divisão infantojuvenil

Copyright © 2008
Alice Ruiz S e Maria Valéria Rezende

Copyright © desta edição
Editora Iluminuras Ltda.

Capa
Fê
Estúdio A garatuja amarela

Revisão
Virgínia Arêas Peixoto

(Este livro segue as novas regras do Acordo Ortográfico da Língua Portuguesa.)

CIP-BRASIL. CATALOGAÇÃO-NA-FONTE
SINDICATO NACIONAL DOS EDITORES DE LIVROS, RJ

R886c
Ruiz S., Alice
    Conversa de passarinhos : haikais / Alice Ruiz S., Maria Valéria Rezende ; ilustrações Fê. - São Paulo : Iluminuras, 2008. il – 2. Reimpressão, 2015.

    ISBN 978-85-7321-289-1

    1. Haicai - Poesia. 2. Poesia brasileira. I. Rezende, Maria Valéria. II. Título.

08-3422.   CDD: 869.91
                                 CDU: 821.134.3(81)-1

12.08.08   13.08.08   008151

ILUMI//URAS
desde 1987
Rua Salvador Corrêa, 119 - 04109-070 - São Paulo/SP - Brasil
Tel./ Fax: 55 11 3031-6161
iluminuras@iluminuras.com.br
www.iluminuras.com.br

ÍNDICE

O QUE É O HAIKAI, 9
Alice Ruiz S

CONVERSA DE PASSARINHOS, 11

SOBRE AS AUTORAS, 75

O QUE É O HAIKAI

Alice Ruiz S

O haikai se faz com três linhas, ou versos, e não mais que 17 sílabas.

Seu tema é a natureza, e não nossos sentimentos e pensamentos.

Se faz com simplicidade, leveza, desapego, sutileza, objetividade, integração com o todo.

Sua melhor definição, na opinião de muitos, é uma fotografia em palavras.

Grava o instante. O fotógrafo não aparece na foto, mas sua sensibilidade sim.

O mesmo no haikai.

É como se as coisas falassem por si mesmas. Sem adjetivos, sem a impressão do poeta, exatamente como são.

Só o real, sem comparar a nada e, talvez por isso mesmo, tão incomparável.

Porque, descrevendo a coisa apenas como ela é, desperta a sensação da própria coisa.

A sensação, por exemplo, da estação em que ela acontece, nos fazendo lembrar de que tudo está sempre mudando, tem o seu próprio tempo, que é cíclico.

É essencial, isto é, capta a essência das coisas, e a essa característica se dá o nome de haimi, que significa "sabor de haikai".

Não é difícil de entender, quando se volta à comparação com fotografia.

Qualquer um é capaz de perceber se uma foto é boa ou não, além dos aspectos técnicos. Ela é boa se nos toca, se capta um instante especial, se provoca uma sensação.

O haikai é uma forma poética que nasceu no Japão e chegou ao Brasil há exatos 100 anos, em 1908, no navio Kassato Maru, com a primeira leva de imigrantes japoneses.

Diferente, em muitos sentidos, da poesia que se faz no Ocidente, o haikai nos ensina coisas fundamentais para nosso momento atual.

Em primeiro lugar, a síntese.

Com apenas três versos, nem um a mais, nem um a menos, e com 17 sílabas, no máximo, exercitamos o dom de dizer o suficiente como um mínimo de palavras.

Como vivemos cada vez mais, um tempo sem tempo, em que não é possível absorver toda informação que nos chega — nem transmiti-la — ser sintético e aprender a concentrar conteúdos é fundamental.

Mas também aprendemos a olhar para fora de nós mesmos, a observar a natureza, as mudanças de estação, e assim nos sentimos mais integrados com o todo e ficamos menos absorvidos com nossos problemas pessoais, que passam a ser menos importantes.

Sair do próprio umbigo, como Buda avisou, é o caminho para a cessação do sofrimento.

O nome mais conhecido na história do haikai no Japão e, portanto, no mundo, é Matsuo Bashô.

Ele era um guerreiro, ou samurai, e como tal, aprendeu muitas artes zen, que são caminhos para uma atitude de vida.

Além das artes marciais, judô (o caminho da suavidade), karatê do (caminho das mão vazias), kyu dô, (caminho do arco e flecha), kendô, o caminho de manejar a espada, os samurais no Japão antigo aprendiam ikebana, ou ka dô, que é a arte do arranjo floral, o cha-dô, que é a cerimônia do chá, e outras mais, como o haikai dô, ou caminho do haikai.

Quando seu senhor morreu, de morte natural, Bashô escolheu, entre tantas artes, ensinar haikai e chegou a ter 3.000 discípulos. Mas, como o haikai é feito sobre a natureza, Bashô decidiu sair de sua cidade e viajar para ver as outras paisagens de seu país.

Seus alunos inconformados lhe pediram para ficar porque achavam que ainda tinham muito a aprender, e Bashô lhes disse:

— Não tenho mais nada para ensinar a vocês, qualquer dúvida que vocês tenham, perguntem a uma criança de 8 anos.

Porque, não importa que idade se tenha, é a criança que existe em cada um de nós, que sabe ler, entender e escrever haikai.

CONVERSA DE PASSARINHOS

Para Leon Miguel Leminski, Lorena Leminski Vieira e Vinicius Oliveira Ruiz.

Alice Ruiz S

Para Maria Cely Vasconcelos de Paula.

Maria Valéria Rezende

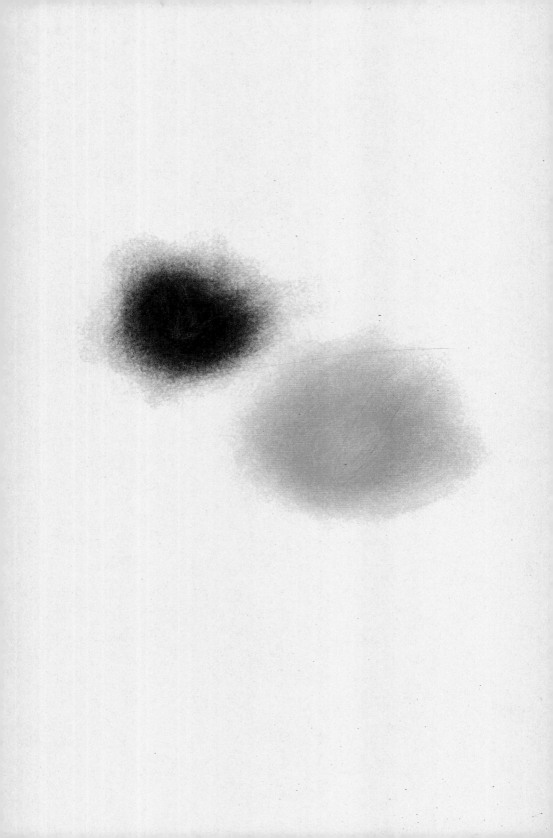

entre a espuma do mar
e a nuvem toda branca
o voo da garça

                              ARS

gaivota mergulha
peixe de prata salta
o mar volta à calma

                              MV

pássaro sem nome
pergunta: quem é?
todos respondem

                ARS

pavão abre a cauda
eu grito que lindo!
ninguém ouvindo

                MV

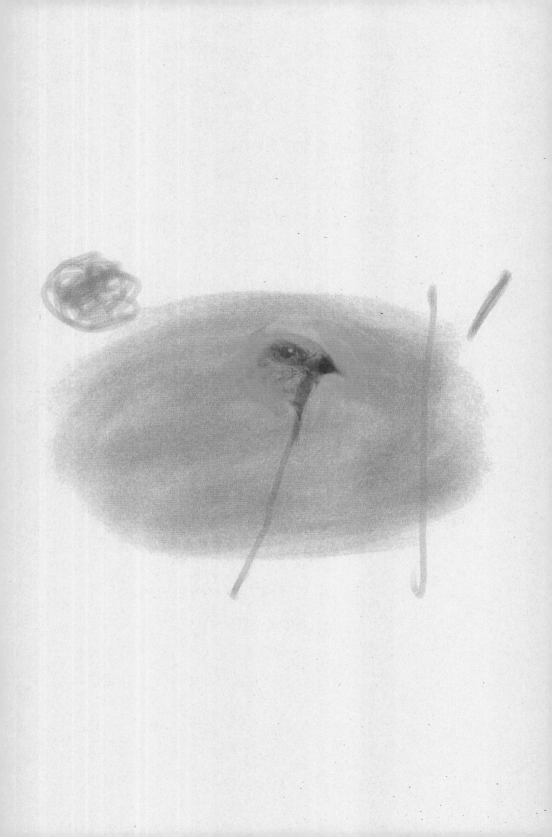

pardalzinho sem graça
toda graça do mundo
te pertence

                        ARS

pardal novinho
nada sabe de inverno
e asas congeladas

                        MV

basta um galhinho
e vira trapezista
o passarinho

                    ARS

entre os espinhos
filhote de passarinho
ensaia voo solo.

                    MV

dia nublado
e no peito do sabiá
sol do meio dia

                ARS

canta o curió
solta a voz para o horizonte
esperando o sol

                MV

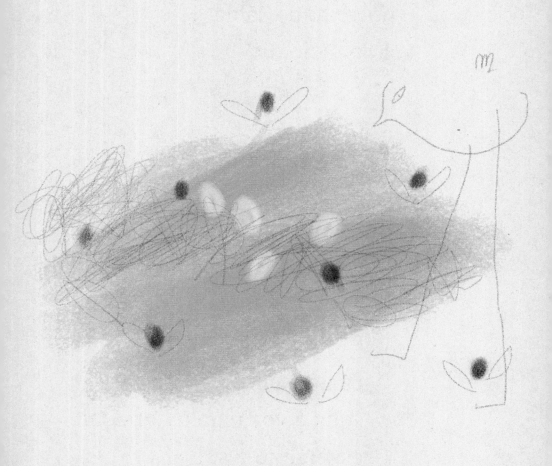

sabiás e bem-te-vis
disputam o mesmo jardim
donos da minha casa

                                      ARS

bem-te-vi fez ninho
entre as pitangas maduras
colho-as de mansinho

                                      MV

casa com telhado
para afastar passarinho
não vira ninho

       ARS

a tarde inteira
casal de maracanãs
amor na figueira

       MV

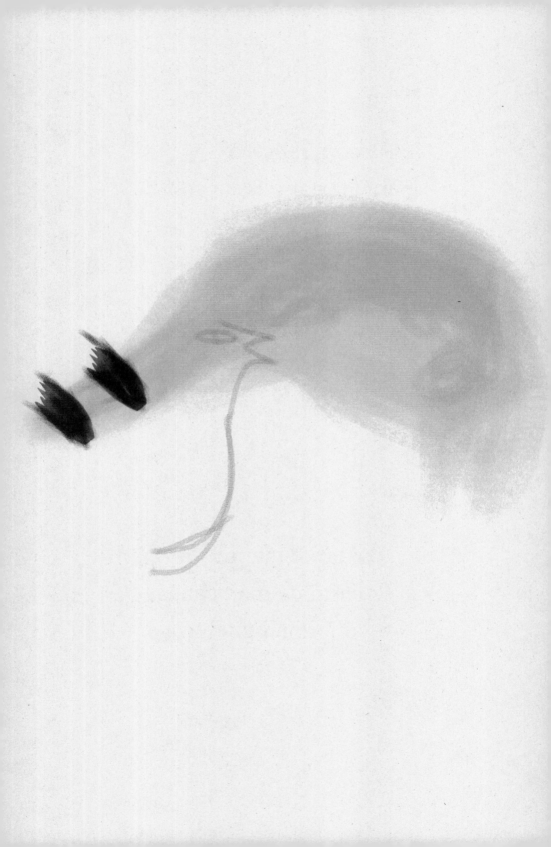

fim de tarde
sino de vento acompanha
o canto dos pássaros

                          ARS

canta o concriz
nem alegre nem triste
apenas canto

                          MV

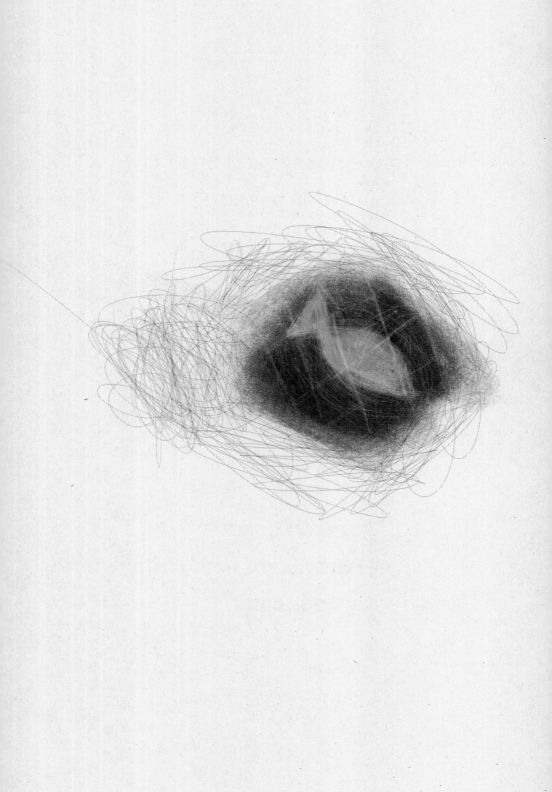

rede de pescador
sem interromper o voo
o pássaro almoça

                              ARS

atrás da formiga
corre lá e cá e cisca
uma lavandisca

                              MV

rio e mata
riscando o verde
pássaro azul

                ARS

árvore morta
aponta no céu
o pássaro vivo

                MV

árvores frondosas
mas é na seca
que o pássaro pousa

                    ARS

oco de pau seco
abrigo para a ninhada
do pássaro-preto

                    MV

na ponta do galho
só uma folha balança
um periquito

                      ARS

tiro no silêncio
um farfalhar de asas
três ovinhos órfãos

                      MV

centro da foto
mas fora de foco
voo do sabiá

                    ARS

mar de capim verde
a ema é um periscópio
vigiando a tarde

                    MV

pousados nos galhos
os pássaros balançam
música nos bambus

ARS

inútil espantalho
pardais pousam-lhe nos braços
como nos galhos

MV

graça de árvore
suas flores se foram
voo das garças

                    ARS

no lombo da vaca
pequena garça branca
pasta carrapatos

                    MV

dia de preguiça
até o bem-te-vi
diz te vi

           ARS

toc, toc, toc, toc, toc,
ninguém bate à minha porta
pica-pau no tronco

           MV

pássaro morto
no meio da estrada
carros que voam

      ARS

mão de menino
sobe uma pedra nos ares
cai passarinho

      MV

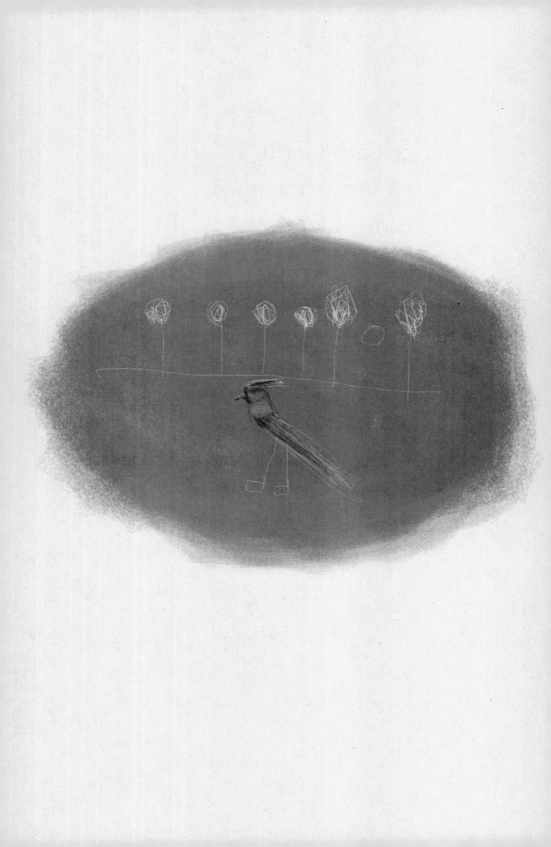

silêncio na mata
um grito corta a tarde
quero quero

                        ARS

tudo é silêncio
acordei tarde demais
para ouvir sabiás

                        MV

linhas d'água
linhas das marisqueiras
linhas de pássaros

ARS

piscinas na areia
mariscos e sargaços
banquete de pássaros

MV

canto dos pássaros
tocadas pelo vento
as árvores dançam

                    ARS

pipas no céu
entre pássaros de penas
asas de papel

                    MV

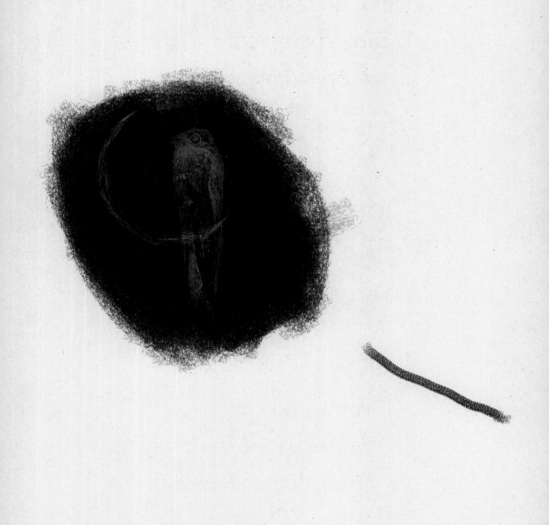

primeira estrela
ainda menor que ela
último passarinho

                    ARS

na mata escura
canta o urutau para a lua
que hoje veio nua

                    MV

caqui maduro
para a visita dos pássaros
basta um pedaço

ARS

ainda no escuro
alvoroço de sanhaços
mamão maduro

MV

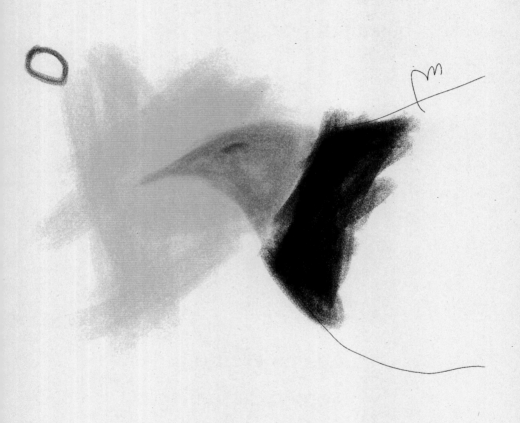

vento forte
quebra o galho de jasmim
poleiro de passarinho

ARS

de ninho em ninho
corruíra desesperada
busca um filhotinho

MV

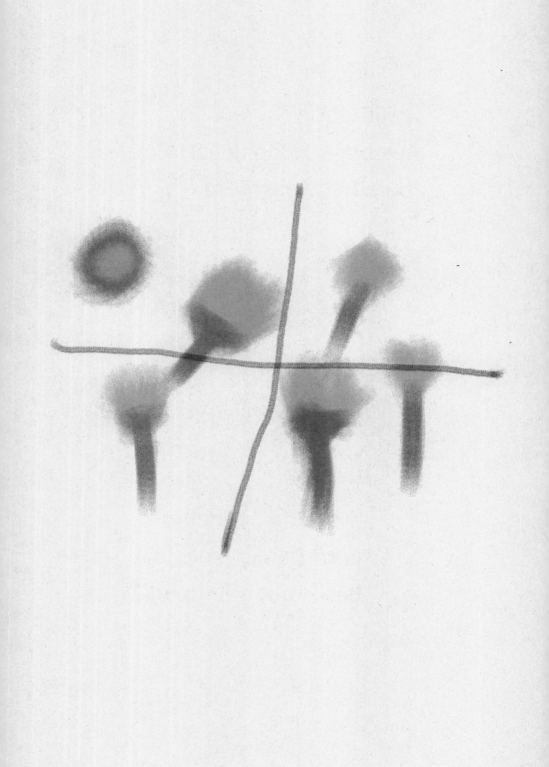

bem-te-vis e sanhaços
enquanto o sabiá não vem
reina a paz no jardim

ARS

bem de tardinha
entre sabiá e concriz
rola o diz-que-diz

MV

gritos na tarde
bando de curicacas
os patos respondem

      ARS

lá vão os patos
ponta de flecha no azul
em busca do sul

      MV

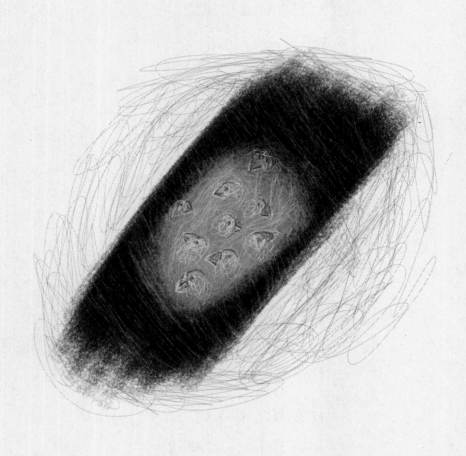

árvore ao meio dia
se enche de folhas
volta das maritacas

                    ARS

pau oco sem galhos
só dentro bem verde
ninho de papagaios

                    MV

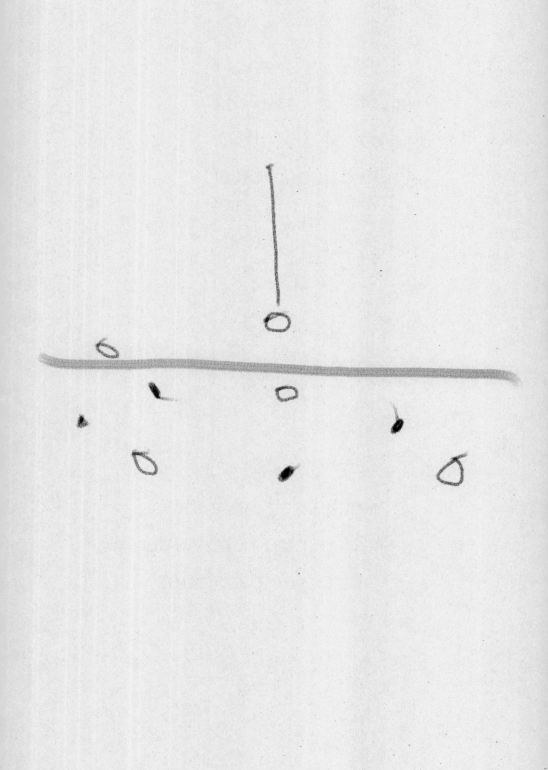

três maritacas
perfume do pinheiro
sementes ao chão

                        ARS

periquito verde
bica uma semente aqui
semeia ali

                        MV

pensa e pende
pousa e passa
o periquito

           ARS

passa e fica
na poça, sem pressa
a lavandisca

           MV

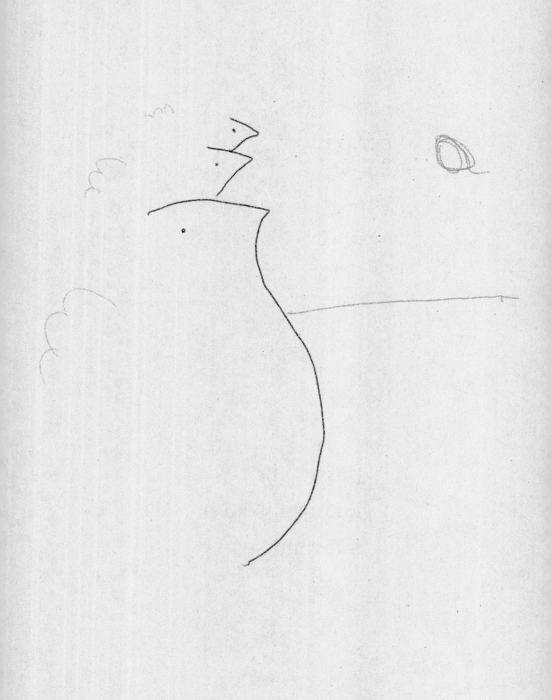

uma, duas, quantas
tantas, tantas e tantas
todas anhumas

       ARS

vai-se uma e logo
vão-se duas, não são minhas
nem tuas as rolinhas

       MV

moça no campo
atraindo beija-flor
vestido florido

     ARS

na flor de romã
minúsculo helicóptero
beija-flor da manhã

     MV

maré cheia
a garça de pedra em pedra
sem molhar os pés

                              ARS

sem nenhum esforço
a vaca leva a família
de garças no dorso

                              MV

SOBRE AS AUTORAS

ALICE RUIZ, MAS YUUKA

Curitibana, mas vive em São Paulo.
Já é avó, mas não abre mão da alma de menina.
Tem o Sol em Aquário, mas a assinatura astral é Libra.
Considera-se ambiciosa, mas só tem uma ambição: viver de poesia.
Vive para as idéias, mas não aceita o título de intelectual.
Trabalha muito, mas produz melhor na preguiça.
Defende a verdade, mas faz poesia de ficção.
Nunca quis ser professora, mas dá aula de haikai.
Já ganhou alguns prêmios literários, mas diz que o maior é seu nome de haijin.
Publicou 14 livros, mas ainda não publicou seu favorito que é sempre o próximo.
Adora viver sozinha, mas prefere trabalhar em parceria.
Faz letras de música, mas queria ser cantora.
É casada com a palavra, mas tem um caso com a música.

Livros publicados

LIVROS DE POESIA: *Navalhanaliga*, *Paixão Xama Paixão*, *Pêlos Pelos*, *Vice-Versos*, *Hai Tropikai* (com Paulo Leminski), *Rimagens* (com Leila Pugnaloni), *Nuvem Feliz*, *Desorientais*, *Poesia pra Tocar no Rádio*, Yuuka.

LIVROS DE TRADUÇÃO: *Dez Haikais*, *Céu de Outro Lugar*, *Sendas da Sedução* (com Josely V. Baptista), *Issa*.

LIVRO SOBRE ELA: *Alice Ruiz*, Série Paranaense, UFPR

CDs (exclusivamente de suas letras): *Paralelas*, em parceria com Alzira Espíndola. Participa interpretando poemas.

EM BREVE: Canções com Itamar Assumpção, ainda sem título. E "No País de Alice", com Rogéria Holtz.

CANÇÕES: *Parcerias com*: Itamar Assumpção, Alzira Espíndola, Arnaldo Antunes, José Miguel Wisnik, Zeca Baleiro, Waltel Branco, João Bandeira, Paulo Tatit, Edgar Escandurra, Chico César, João Suplicy, Ceumar, Iara Renó, Marcelo Calderazzo, Ivo Rodrigues, Estrela Leminski.
Gravações, além dos parceiros citados, de: Cássia Eller, Zélia Duncan, Adriana Calcanhoto, Gal Costa, Rogéria Holtz, Titane, Carlos Navas, Isa Taube, Tonho Penhasco.

MARIA VALÉRIA REZENDE

Nasceu em 1942, na cidade de Santos. Depois, os estudos e o trabalho a levaram por vários caminhos. Foi educadora de crianças, jovens e adultos, em vários lugares do Brasil e outros países, até chegar a João Pessoa, onde vive agora. A partir do ano 2000, começou publicar livros de histórias para adultos, jovens ou para crianças e haikais para todas as idades.

Livros publicados

Vasto Mundo (romance) - São Paulo, Ed. Beca, 2001 (finalista do prêmio Cidade de Belo Horizonte, 1998).
Quatro Luas (contos) - Com Mercedes Cavalcanti, Marília Arnaud e Maria José Limeira. João Pessoa, Ed. Idéia, 2002.
O Voo da guará vermelha (romance) - Rio de Janeiro, Ed. Objetiva, 2005 (finalista do prêmio Zaffari & Bourbon 2007; indicado como leitura necessária para o vestibular da UFSC e da UEPB em 2008) Publicado também em Portugal, ed. Oficina do Livro, 2007; França, Ed. Métailié, 2008; a sair em novembro de 2008 na Espanha, pela Ed. Santillana-Alfaguara, em espanhol, e pela Club Editor, em catalão.
Modo de apanhar pássaros à mão (contos) - Rio de Janeiro, Ed. Objetiva, 2006 (selo *Altamente recomendável para jovens* da FNLIJ e selecionado na primeira lista do prêmio Portugal Telecom 2007).
O arqueólogo do futuro (ficção juvenil) - São Paulo, Ed. Planeta, 2006 (selecionado pelo PNBE-MEC em 2006/2007).
O problema do pato (ficção infantil) - São Paulo, Ed. Planeta, 2007
Jardim de menino poeta (poesia infantil) - São Paulo, Ed. Planeta, 2007 (selecionado pelo PNBE-MEC em 2007/2008).
No risco do caracol (poesia infantil) - Belo Horizonte, Ed. Autêntica, 2008.
Da utilidade da cobra (contos, inédito) - menção honrosa no prêmio Lucilio Varejão, da Cidade do Recife, em 2008.
Participação em várias coletâneas, brasileiras e italianas.

livros da ilha

ESTAÇÃO DOS BICHOS
Alice Ruiz S e Camila Jabur
Ilustrações Fê

JARDIM DE HAIJIN
Alice Ruiz S
Ilustrações Fê

JEITO DE BICHO
Alice Ruiz S
Ilustrações Eder Cardoso

A *Iluminuras* dedica suas publicações à memória de sua sócia Beatriz Costa [1957-2020] e a de seu pai Alcides Jorge Costa [1925-2016].